PEACHES

DURAZNOS

ISBN: 978-1-959393-98-6

www.hoopoebooks.com

www.kashfischildren.org

PEACHES   DURAZNOS

IDRIES SHAH

Once upon a time, there were three neighboring families who ate nothing but peaches.

Había una vez tres familias vecinas que no comían otra cosa más que duraznos.

One family boiled the peaches, added large
amounts of sugar, and made a syrup to drink.

Una familia hervía los duraznos, les agregaba grandes
cantidades de azúcar y hacía un almíbar para beber.

Another family dried the fruit in the sun and gnawed on it when it was as hard as rock.

Otra familia secaba la fruta al sol y la mordisqueaban cuando ya estaba dura como una roca.

The third family discarded the skin and flesh, cracked open the stones, and ate the kernels.

Each family thought their way of preparing peaches was the only way it should be done.

La tercera familia desechaba la cáscara y la pulpa, partía los huesos y se comía las semillas.

Cada familia pensaba que su manera era la única en que debían prepararse los duraznos.

However, each wondered if they were, in fact, experiencing the true essence of peaches, what they began to think of as *the real thing*.

Sin embargo, cada una se preguntaba si realmente estaban experimentando la verdadera esencia de los duraznos, algo que comenzaron a considerar como *la cosa real*.

"What if there is even more to *the real thing* than this syrup?" wondered the first family.

"¿Qué pasa si en este almíbar hay algo más de *la cosa real*?" se preguntó la primera familia.

To find out, they tried new ways of preparing syrup.

Para averiguarlo, probaron nuevas formas de preparar el almíbar.

"Naturally, sun-dried peaches are far peachier than other forms of the fruit," said the second family, "but could there be something even peachier than this?"

"Naturalmente, los duraznos secados al sol son mucho más duraznos que otras formas de la fruta", decía la segunda familia, "pero ¿podría haber algo aún más a sabor durazno que esto?"

To find out, they tried new methods for drying the fruit and eating it.

Para averiguarlo, probaron nuevos métodos para secar la fruta y comerla.

"It stands to reason," said the third family, "that the kernel is central to the fruit and as such must be the best part, but could we experience something that's even closer to a true peach?"

"Es lógico", se decía la tercera familia, "que la semilla es la parte fundamental de la fruta y, como tal, debe ser la mejor, pero ¿podríamos experimentar algo que estaría aún más cerca de un verdadero durazno?"

To find out, they tried new ways of cracking peach stones and eating the kernels.

Para averiguarlo, probaron nuevas formas de quebrar los huesos de durazno y comerse las semillas.

One day, a small boy from a different neighborhood passed by and overheard the families talking.

"What strange things you're doing!" said the boy. "Don't you know how to eat peaches?"

Un día, un niño de un vecindario diferente pasó por allí y escuchó hablar a las familias.

"¡Qué cosas tan extrañas están haciendo!" dijo el chico. "¿No saben comer duraznos?"

"He must be too young to understand!" cried the peach-obsessed neighbors.

"¡Es muy pequeño para entender!" gritaron los vecinos obsesionados con los duraznos.

Another time, a merchant from a different town passed by and stopped to observe the methods and experiments of the neighbors.

En otra ocasión, pasó un comerciante de otro pueblo y se detuvo a observar los métodos y experimentos de los vecinos.

"You have each come up with a valid way to prepare peaches," he said, "but there is more to it than that." Suspicious, they drove him away, muttering about the dangers of trusting strangers.

"A cada uno de ustedes se les ha ocurrido una forma válida de preparar duraznos", dijo, "pero hay otra manera". Sospechosos, lo echaron del pueblo, murmurando sobre los peligros de confiar en extraños.

Eventually, the town's oldest inhabitant hobbled past.

Eventualmente, la habitante más vieja de la ciudad pasó por allí, cojeando.

"Stop your syrup making, sun drying, and stone cracking for a moment!" she croaked. "I'll explain how to experience the true flavor of peach, which is escaping you all. You must eat the whole peach! It's sweet like syrup, peachy like dried fruit, and you can hold the stone while you are finishing off the flesh."

"¡Déjense por un momento de hacer almíbar, secarlos al sol y romper los huesos!", grito, con voz de cuervo. "Les explicaré cómo degustar del verdadero sabor del durazno, lo que todos ustedes ignoran ¡Deben comerse el durazno entero! Es dulce como el almíbar, sabe a durazno como la fruta seca, y pueden guardar el hueso después de comer la pulpa".

However, the families were too attached to their peach-extraction methods and experiments to listen to her.

They were also too addicted to their feuding and their search for *the real thing* to pause for thought and listen.

Sin embargo, las familias estaban tan apegadas a sus métodos y experimentos de preparación de duraznos, que no podían escucharla.

También se habían vuelto adictas a las peleas entre ellas y a su búsqueda de *la cosa real*, y no podían detenerse a pensar y escuchar.

Instead, they stepped up their experiments with increasing gusto.

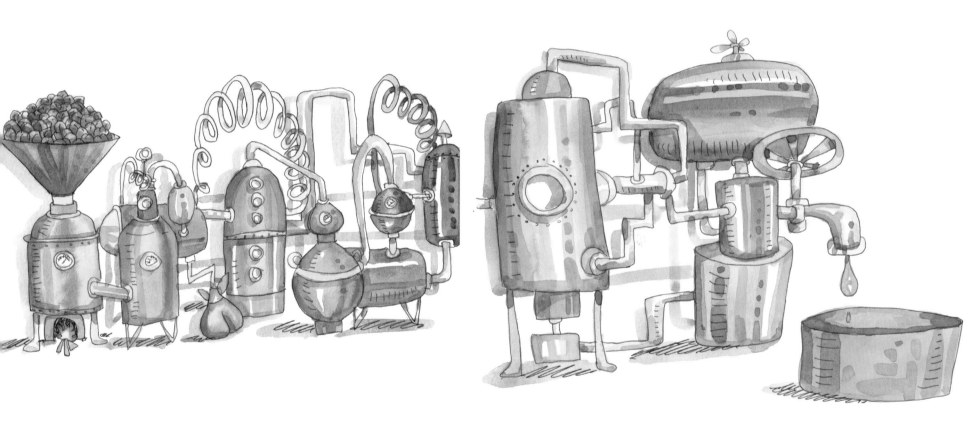

En cambio, intensificaron sus experimentos con más entusiasmo aún.

Tirelessly, they worked on their machines and systems and laughed at their critics.

Incansables, trabajaban en sus máquinas
y métodos y se reían de sus críticos.

"With our years of experience with peaches, how could a boy, a merchant, and an old woman know more about the fruit than we do?" they scoffed.

"Con nuestros años de experiencia con los duraznos,
¿cómo podrían un niño, un comerciante y una anciana saber más
sobre la fruta que nosotros?" se burlaban.

"Anyway, they each told us something completely different."

"De todos modos, cada uno de ellos nos dijo algo completamente diferente."

So, shaking their heads at the folly of others, they continued.

Y sacudiendo la cabeza ante esas tonterías de los demás, continuaban en lo mismo.

Of course, this all took place a very long time ago,

Por supuesto, todo esto sucedió hace mucho tiempo,

and the people in this story are now long gone.

y la gente de esta historia ya no existe ahora.

However, their descendants live on.

Sin embargo, sus descendientes están vivos.

Some are still making peach syrup.

Algunos todavía están haciendo almíbar de durazno.

Others continue to dry peaches in the sun.

Otros siguen secando los duraznos al sol.

Still others extract the peach kernels and throw away the rest of the fruit.

Aún otros extraen las semillas del durazno y botan el resto de la fruta.

Each will tell you that *they* are closest to finding *the real thing.*

Cada grupo te dirá que *ellos* son quienes están más cerca de encontrar *la cosa real.*

The End

Fin

Teaching Stories by Idries Shah for young readers:

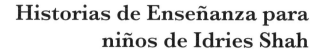

Historias de Enseñanza para niños de Idries Shah

The Farmer's Wife	*La esposa del granjero*
The Silly Chicken	*El pollo bobo*
The Clever Boy and the Terrible, Dangerous Animal	*El muchachito listo y el terrible y peligroso animal*
The Lion Who Saw Himself in the Water	*El león que se vio en el agua*
The Man With Bad Manners	*El hombre maleducado*
The Man and the Fox	*El hombre y el zorro*
The Old Woman and the Eagle	*La señora y el águila*
The Boy Without a Name	*El niño sin nombre*
Neem the Half-Boy	*Neem el medio niño*
Fatima the Spinner and the Tent	*La hilandera Fátima y la carpa*
The Magic Horse	*El caballo mágico*
Oinkink	*Oinkink*
The Bird's Relative	*El pariente del pájaro*
The Spoiled Boy With the Terribly Dry Throat	*El niño mimado y su garganta terriblemente seca*
Peaches	*Duraznos*
The King Without A Trade	*El rey sin oficio*
The Palace of the Man in Blue	*El Palacio del Hombre de Azul*

'Our experiences show that while reading Idries Shah stories can help children with reading and writing, the stories can also help them transcend fixed patterns of emotion and behaviour which may be getting in the way of learning and emotional well-being.'

Ezra Hewing, Head of Education at the mental-health charity Suffolk Mind in Suffolk, UK; and Kashfi Khan, teacher at Hounslow Town Primary School in London

For the complete works of Idries Shah, visit:
www.Idriesshahfoundation.org

'Nuestra experiencia muestra que, si bien los cuentos de Idries Shah ayudan a mejorar en los niños la lectura y la escritura, también les puede ayudar a trascender patrones fijos de emoción y comportamiento que puedan estar obstaculizando el aprendizaje y el bienestar emocional.'

Ezra Hewing, director de educación de la organización benéfica de salud mental Suffolk Mind de Suffolk, Reino Unido; y Kashfi Khan, profesor de la escuela primaria Hounslow Town de Londres.

Para la obra completa de Idries Shah,
visita: idriesshahfoundation.org